邓一光南方短小说

Deng Yiguang's
Southern Short Fictions

Notebook

邓一光南方短小说
Deng Yiguang's
Southern Short Fictions

I

第一爆

The First Explosion

寂静的虎崖山活像一头猛然醒来的巨兽,腾身站起,掀起数道粗大的土石柱。土石柱快速上升,分出不同颜色,有白色、淡绿色、青灰色、粉色、红色和褐色。土石柱四周溅开大朵浪花,把巨兽高高推举到天空中,好像巨兽个头太高,得不断往起站,要站直了,没个止境。

——《第一爆》

邓一光南方短小说
Deng Yiguang's Southern Short Fictions

II

我们叫作家乡的地方

The Land We Name as Hometown

父亲死了,姆妈也要死了,那栋早已破旧的木头房子很快就会被野草和爬虫类动物占领,很快就没有人再会找到它,要是这样,我就真的回不去了,回去也没有意思了,那个和我有千丝万缕联系的地方,那个我们叫作家乡的地方,就彻底从我的生活中消失了。

——《我们叫作家乡的地方》

邓一光南方短小说
Deng Yiguang's Southern Short Fictions

III

香蜜湖漏了

Where Xiangmi Lake Seeps Away

萎缩掉的湖泊，此刻一定悠悠烟云，水趣盎然。台风就和人一样，在时光中来了，去了，再大的动静也会消停。不知道雨水走后，湖水会留下多少；湖水漏光后，湖泊是不是要改名；如果不改，以湖命名的地方，只是个传说，对以后的人们，有湖泊是祖先时候的事情了。

——《香蜜湖漏了》

邓一光南方短小说
Deng Yiguang's
Southern Short Fictions

IV

你可以让百合生长

Make the Lilies Grow

生命不是我要的，我那个时候还没有权利，但我得到了。现在的生活不是我要的，我没有任何权利说不，但我同样得到了。他说得对，我不可能把生命还给带我来到这个世界上的那两个人，把生活还给生活。正如他也不能把死亡还给地狱，我们都不可能把任何东西还给任何人。

——《你可以让百合生长》

邓一光南方短小说

Deng Yiguang's
Southern Short Fictions

V

抱抱那些爱你的人

Embrace the Ones Who Cherish You

我们什么也保护不了。那些我们爱着的人,他们总是急匆匆从我们身边走开,去别的地方,去我们不知道的地方,或者去不了的地方,不让我们保护,这就是人生。

——《抱抱那些爱你的人》

邓一光南方短小说
Deng Yiguang's
Southern Short Fictions

VI

带你们去看灯光秀

Let's Embark on a Journey to the Dazzling Light Show

在一座一日千里的城市行驶，每个心里有数的公民都不会因为自己减速而挡住了后面想要提速车辆的道路，不然他会把车拐到路边停下，解开安全带，欠身过去，拥抱住他心力交瘁的妻子，告诉她："没关系，没关系，我们还不老，我们可以从头再来。"

——《带你们去看灯光秀》

邓一光南方短小说
Deng Yiguang's
Southern Short Fictions

VII

我在红树林想到的事情

What Came to Me among the Mangroves

陆地生物已经彻底失去了回到海洋的机会，很多介壳类海洋生命在源源不断地爬上滩涂，成为下一个地球世纪的新主人；我觉得我可以向它们学习，去它们的世界，做它们一样的生命。我觉得我还是有希望的。

——《我在红树林想到的事情》

邓一光南方短小说